岭上雾语

杨学辉 著

人民出版社

序

　　丁酉岁末，受友人之托，嘱我为学辉的诗词集写几句话。我虽研读唐宋文学多年，对古典诗词也略有知晓，但很少给人作序。一是平时教学、研究等占去了大部分时间，二是对学辉的诗词也不甚了解，怕误下评论。当翻开学辉的诗词集后，不禁被书中清丽的词句和隽永的诗意所吸引，并饶有兴致地读完了全部作品，令我欣喜有加，多少年没读过这样颇有功力又赏心悦目的当代诗词集了。兴之所至，便有了如下的文字。

　　学辉的这本诗词集共收入词 105 篇，诗 95 首。从内容来看，题材丰富，人、物、景、情等诸方面都有所涉及；从艺术角度讲，诗词比例恰当，意境深邃，音韵悠长。其中，词作选用了多个词牌及其变体，诗作则多选择律诗、绝句体式，且合韵合律，从而使整部诗词集读起来节奏和谐、韵律优美。

　　从作品中表述的年代看，学辉学习诗歌有几十年了。正是凭着这份梦想，这份坚持，才使得他的诗歌创作，脱离了功利追求，能体味暑往寒来，感受四季变幻……身边的人物，身边的风景，都在他的笔下得以升华，甚至让庸常的生活细节也参与到古典诗词的遐思中。他以善意与宽容之情义，回望流光，令日常生活沾染古风古韵，使那些看似平凡的人物景物事物，竟也变得雅致起来。他的作品中，传统的味道不仅在诗词中，更体现在作者的内心深处。于是我想到，写作中国古典诗词的妙处，不仅在于诗词本身，也在于它能唤起人们血脉中深藏着的、或许已经忘却、却从未真正流失的传统文化情怀。这种情怀，随着时代剧变而沉入现代人的记忆之中。因此，学辉的诗词，仿佛是一场对传统文化情怀的追溯，追溯属于时代的传统文化的记忆，也是追溯中国在发展道路上不经意而忘却的传统文化情怀。

这本诗词集处处折射出学辉爱诗歌、乐交友、重情义的品性和胸襟。他的诗词入世、入史，更入时。如《满江红·贺友人丁纯自扬州赴任常州》："春欲来时，望江南、山明水秀。祥瑞降、淹城古郡，锦带吴钩。云升重九揽绝胜，萧鼓沸天迎贤侯。今朝酒、沉醉为君吟，最风流。丁酉初，花枝瘦。燕子归，香满袖。忠纯写维扬，功名身后。二十四桥月依旧，空余舞榭对阁楼。湖边柳、千里犹回首，君知否。"把友人的生活背景、工作成就和变化、个人性格以及对其良好的祝愿，归纳的准确、表达的深情，亲切自然，不落窠臼。又如，他初春游览田园风光，兴致盎然写成的《青门引·悠闲田园生活》："庭院开海棠，墙外菜花金黄。万柳不掩一枝芳，绿衣红妆，风和百花香。闲情正如春意长，世事放两旁。三五亲友入座，且醉老酒新茶尝。"寥寥数笔，便生动地勾勒出新时代乡村之美，以及江南水乡悠闲舒适的生活场景。他还擅以欣喜、入微的笔触描绘人们身边层见叠出、习以为常的景物："初似琉璃挂绿帐，终成玛瑙浮露凉，散落藤枝满园香。红颜零落岁将暮，甘愿粉身为琼浆，换取人间芳华长。"（《浣溪沙·葡萄》）意境优美，韵味悠长，有一种天真自然的格调。

还有一些诗词则构思奇特，短小清新，意境如画，大多看上去是兴之所至，信手拈来，随性而发，但仔细品味，就能发现真的是匠心别具，遣词造句十分讲究："浅浅春笋露初芽，竹篱深处有人家。夕阳依水徐徐落，牧牛归迟踩云霞。醉晚亭，苍穹下，满天星辰随意撒。入梦不知几更醒，繁华一指若流沙。"（《鹧鸪天·春夜》）不需浓墨渲染，就传神地烘托出"灵动"和"禅静"这一主题。

概括起来，我觉得学辉诗词的特点主要体现在以下几个方面：一是题材内容广泛，传统意义上的景、人、事都有所涉猎。如《采桑子·玉柱瘦西湖游记》《浣溪沙·乌兰布统草原秋光》《彭城夏日》《泸沽湖》等分别对瘦西湖、乌兰布统草原风貌、彭城、泸沽湖的景色做了一番生动描绘;《鹧鸪天·江南小镇遇京弟》《与加拿大返乡同学金陵欢聚而写》记述了与亲朋好友欢聚场景;《玉连环·喜报》和《贺中国女排 2016 年里约奥运会夺冠》则分别是因闻女儿考试成绩优异、中国女排在 2016 年里约奥运会上奋勇夺冠而作。此外,作为当代诗词,在选题中还纳入了时代因素,如《观史剧家书片段有感》和《观古剧战场凯旋随写》均因观看电视场景触发了某种思绪,从而写作而成;《鹧鸪天·趣说微信抢红包兼贺新年》则用传统的词作形式描述了近些年非常流行的微信抢红包场景,既渲染了喜庆的气氛,又实现了传统和现代、古法与新式的契合。

二是情真意切,善于营造空阔、辽远意境。诗词创作贵在有真情流露,最忌无病呻吟。书中诗词多是有感而发,只是未采用传统的随笔、札记等形式,而是借用诗词将其真实感受抒发了出来。如《圣无忧·立泽生日之际感言》,写于生日宴会之际,作者在把酒庆生的间隙,领悟到人生路漫漫,有巅峰,自然也会有低谷,但是成功从来不是等来的,而是需要靠努力拼搏来争取,所以,在奋斗途中,偶获成就后不要骄傲，暂时失意时也切莫气馁，面对生活、面对挫折应"永怀凌云志"；《浣溪沙·空中和地图中之中国》以俯视的角度审视了一番祖国广袤的疆土，使词的格局、意境也随之变得更加辽阔、深远。此外，书中还有许多富有禅意的诗篇，如《雨水节气退思》《鹧鸪天·山居一日》在对日常生活的描述中，传达了对淡泊、自由的期许。这些诗词较之以时事评论、友人相聚为题材的诗篇少了些喧嚣，多了份沉静，同时也给诗词本身增添了不尽的想象空间和辽远意味。

三是善于运用比兴手法，惯于化用诗语、口语。如《临江仙·水乡摇舟退思》一词，上片描述了水乡恬静环境，下片劝诫人生在世，应豁达开朗；《南柯子·呼伦贝尔大草原》上片描绘了大草原的辽阔无边，下片随之道出了对理想、人生更高境界的追求。此外，书中在语言方面常化用前人诗句、词语，使诗词语言典雅、富有意蕴。如《咏梅（三）》中化用了陆凯的"江南无所有，聊赠一枝春"，使诗作所要表达的对亲朋的思念之情更加浓厚；而《木兰花·朝天宫玉兰》中的"欲唤桃梨早吐香，无可奈何春不肯"一句则使用了口语入词，为诗句增添了一抹无奈但又俏皮的意味。

四是韵律整齐，对仗工整。近体诗在韵律、对仗、平仄方面有严格的要求，因现代汉语读音、声调相较古代发生了一些变化，对于平仄已较难把握，但是不论写作绝句还是律诗，在韵律、对仗方面仍有严格的要求。本书中的诗词作品基本上符合古体诗词在这方面的要求和标准。

当然，作为处女作的一部诗词集，虽然书稿中的疏漏并不多，且有些并不易发现，但从出精品的角度来看，仍有一些需要今后加以提高和改进的地方。如个别地方锻词炼句还不够精炼，个别诗句尚未能完全合韵、对仗略有欠缺，以及偶有注释和题解混用的现象等。

学辉并非职业诗人，其创作诗词主要靠的是对诗词的热爱，以及对诗词长久以来的学习和钻研。他在高校、机关工作几十载，能够在复杂多变的环境下，甘淡泊，耐寂寞，守节操，勤思索，以积极心处事，以圣洁心自守，用心记录生活的点滴，用情谱写岁月的篇章。多年以来，他坚持用诗词这种形式进行写作，其行为本身即是对中华民族优秀传统文化进行了很好的传承与发扬。这种儒道互补的精神让他不仅在诗歌领域拥有志趣相投的伙伴，人生道路上也始终葆有一颗莫逆赤诚之心。诗如其人，人如其诗，诗歌早已成为他生活的一部分。

很欣慰先一步阅读到学辉创作出版的第一部诗词集。有了一个良好的开端，我衷心希望，今后他的诗词之路能够："大鹏一日同风起，扶摇直上九万里。"

是为序。

詹福瑞

国家图书馆原馆长、著名学者

戊戌年春节于北京

目　录

第二篇　谁遣天画入凡尘

第三篇　人生百年犹过隙

第四篇　初似琉璃挂绿帐

第五篇　人间处处换新妆

第六篇　月在眼前箫声远

第七篇　繁华一指若流沙

第一篇　春色可向脸上寻

木兰花·江南又逢群联

三两清客①照人开，风物因人成胜概。春色可向脸上寻，尽欢须从杯中来。

念过光阴有好怀，你我山水各一派。能越人间千般险，也与白云同自在。

【注释】

①清客，梅花的雅称。

木兰花·感何林之令郎大漠行

贺兰山下塞上行，雾锁边城风摇铃。连绵绝顶生积雪，千峰犹若万兵冲。

少小投笔傲骨铭，大略安邦于无形。一身胆气堪为将，跃马谁信是书生。

满江红·贺友人丁纯
自扬州赴任常州

春欲来时，望江南、山明水秀。祥瑞降、淹城古郡，锦带吴钩。云升重九揽绝胜，萧鼓沸天迎贤侯。今朝酒、沉醉为君吟，最风流。

丁酉初，花枝瘦。燕子归，香满袖。忠纯写维扬①，功名身后。二十四桥月依旧，空余舞榭对阁楼。湖边柳、千里犹回首，君知否。

【注释】

①忠纯，出自诸葛亮《出师表》："此皆良实，志虑忠纯，是以先帝简拔以遗陛下。"

鹧鸪天·南京迎群联

五月金陵江水清，群山连天诱诗情。闻道今夜花正好，小桥烟波流天星。

秦淮东，徐歌吟，月画河西舞倩影。宛若小乔微波送①，万千英雄万分倾。

【注释】

①小乔，三国时的大乔和小乔合称"二乔"，是中国古代历史上著名的大美女，国色流离，资貌绝伦。她们分别是三国东吴霸主孙策和大将周瑜的妻子。唐代著名诗人杜牧《赤壁》中的诗句"东风不与周郎便，铜雀春深锁二乔"，更是让二乔家喻户晓。

鹧鸪天·江南小镇遇京弟

紫燕飞处烟云低。水满碧池花满枝。桥下清泉淙淙去，绿阴深处鸣黄鹂。

野蔷薇，薰绣衣。绿蚁满觞绕东篱。厨香小院斜阳里，绿格红子争霸时①。

【注释】

①绿格红子，喻两人下棋对弈。

鹧鸪天·忆人

临近仲秋夜半时，庭花落尽灯影里。飞檐溅溅三更雨，钗钿盈盈去无迹①。

诗里字，空伫立，醉别瑶台醒不记。如今风雨江南夜，长忆那时灯火市。

【注释】

①钗钿，古代女子头上的装饰品。此处代指昔日恋人。

蝶恋花·秋语

　　帘卷小窗落叶轻。渐澜灯火，石城喜相迎。秦淮河畔听蛩鸣，小庭融融未觉冷。

　　眉月栖林山房静。夜色催更，归时寻旧径。醉眼朦胧兴未尽，星河万顷波不惊。

圣无忧·立泽生日之际感言

把酒忆往昔，亹亹人生长路^①。缅风沐雨常如此^②，时苦时欢娱。

人间仙侣从无，天上馅饼何处。劝君永怀凌云志，同舟共竞逐。

【注释】

①亹亹（wěi wěi），亹亹本义为缓慢流动，无止无休。此处引申为行进貌。《楚辞·九辩》："时亹亹而过中兮，蹇淹留而无成。"王逸注："亹亹，进貌。"《文选·陆机〈赴洛〉诗》："亹亹孤兽骋，嘤嘤思鸟吟。"李善注："亹亹，走貌也。"

②缅风沐雨（lí fēng mù yǔ），缅：古代束发的最新布帛。风吹头，雨洗发。形容人四处奔波，聚散离合，

十分辛苦。

　　清·冯桂芬《公启曾协揆》："执事自西北控东南之议不复可行，恐缅风沐雨正无已时。"

浣溪沙·丙申开年与谭忠午聚随感

一院暖阳两故人，占取韶光欲迎春，千杯万盏莫辞频。

对酒席散意未尽，吟歌痴笑皆为君，风情唯有醉中寻。

浣溪沙·遇老同事卫忠有感而写

卫忠点炉暖杜康①，温酒一樽劝客尝，神农邻院满店香②。

若拿青丝忆华年，共叙往日童家巷③，不觉明月渐东上。

【注释】

　①杜康，酒名。

　②神农，此处指中国药科大学神农宾馆。

　③童家巷，中国药大玄武校区门前路，玄武校区近邻南京玄武湖。

浣溪沙·惊蛰节气喜遇亚伟兄弟

院静天长事事慵，偶有野雀闹庭中，熏风
沉醉赏玲珑①。

瓜棚豆架旧情叙②，举樽未饮心旌融，谊
切苔岑如酒浓③。

【注释】

①玲珑，梅花的别称。

②瓜棚豆架，指绿荫下简单的布衣生活或聚会。

③苔岑（tái cén），志同道合的朋友。

谊切苔岑，形容朋友感情深厚。

晋·郭璞《赠温峤》诗："人亦有言，松竹有林。及
余（尔）臭味，异苔同岑。"后世因以"苔岑"指志同道
合的朋友。

　　清·梁章钜《归田琐记·叠韵诗》："杨竹圃亲家次韵寄和拙作自寿诗迭前韵赋谢云：'小合苔岑增感怆，无端萍水又分离。'"

浣溪沙 · 相思

月映窗帘卷轻霜，怯拟呵手试梅妆，画成郎君镜中望。

著起翠袖舞霓裳，人影互怜各飞忙，为谁消瘦失容光。

应天长·乙未年生日逢河南吕高超

　　日长花影移窗迟，夕照橙水画楼西。溪流绿，烟花飞，越过东墙无处觅。

　　三百杯，与君醉，不觉星河已睡。一钩新月如洗。斜挂万年枝。

临江仙·十年别后初冬又逢高超

仰望今夕天上河，夜夜独自西流。信阳客来隔春秋。青年别后，中年悄白头。

我邀吕君围暖炉，玉斝笑迎美酒①。莫论功业镜中羞。古往今来，人生有沉浮。

【注释】

①玉斝（jiǎ），指玉制的酒器，酒杯的美称。

采桑子·玉柱瘦西湖游记

瘦西湖畔小中庭，杨柳风轻。绿意葱茏，叶下几颗草莓红。

入得画舫见船娘，眼波明明。身若芙蓉，回首笑卿莫多情。

惜分飞·秋日与立军游老山随写

秋雨敲窗桐叶舞，烟雾隐笼江渚。烂醉东西玉①，悄然日暮醉花坞。

银蟾半轮破云出，谈今怀古容与②。阑珊点明烛，三盘棋局论赢输。

【注释】

①东西玉，原指玉酒杯，后引申为美酒。
②容与，从容貌。

卜算子·初恋的地方

那时雨中逢，那时躲红伞。那时春风吹梨花，散落水两岸。

那时街边灯，那时影零乱。那时醉颜对空盏，一任窗月满。

云 水 谣

【题解】

云水谣古镇原名长教镇。电影《云水谣》曾在此拍摄取景。《云水谣》讲述的是一段分居南北、跨越海峡，历经 60 年大时代动荡背景下，至死不渝的爱情故事。

长教古榕树，繁茂数十尺。

藤树相依依，往事何历历。

胡马驰北疆，孔雀栖南枝。

各在天一方，对思万余里。

同心而离居，但爱莫别时。

元宵节迎北京杨弟

谁藏玉盘银河岸①，

人间灯树缀远天。

京城兄弟良辰至，

不在酒前则云边。

【注释】

①玉盘，喻圆月。

寄 人

曲终人散蝶梦醒，

空对庭前柳色新。

十里秦淮犹此夜，

年年倩君观潜鳞①。

【注释】

①倩，请。潜鳞，鱼。

与加拿大返乡同学金陵欢聚而写

同窗久别情未薄，

水和乡音入棹歌。

游子万里枫国去，

夜澜犹梦秦淮河。

同 窗

往日初心思成双，

今朝人庭戏鸳鸯。

绾起青丝君记否，

象牙塔里旧时光。

忆北京兄弟

量天步月到夜分，

草露霏微暗随人。

未将青衫任换洗，

此物犹沾管鲍痕①。

【注释】

　　①管鲍，指管鲍之交。这个成语起源于管仲和鲍叔牙之间友谊的故事，后用于形容朋友之间深厚的友情。

冬日金陵迎苗族满弟

入冬时节如度春，

万里知己尚比邻。

人生相知贵情义，

莫因升沉远近分。

烟雨三月

三月小雨润柳丝，

一叶朱舟悬绿池。

帘内琵琶弹一曲，

岸上行人已听痴。

观史剧家书片段有感

久别堂前两尊亲，

初归故乡问苦辛。

将军巡关才入帐，

案前家书泪痕新。

第二篇　谁遣天画入凡尘

鹧鸪天·神游新疆

九霄幕帘挂彩云，谁遣天画入凡尘。引得蜂蝶乱花草，也令山水斗妆新。

几番秋，几度春，一回游仙自由身。不与五柳醉东篱①，浩歌飞步越苍旻②。

【注释】

①五柳，陶渊明号五柳先生。

②苍旻（cāng mín），苍天。

宋·苏轼《和王斿》之一："白发故交空掩卷，泪河东注问苍旻。"清·黄鷟来《和陶饮酒》之九："鸿鹄初高举，千里苍旻开。"

岭上雾语

浣溪沙·空中和地图中之中国

　　坐乘空客感慨多，日月沧桑弦窗过，北疆怒雪南国波。

　　一江一河横似线，五岳名川小如螺，珠峰放歌东海和。

浣溪沙·乌兰布统草原秋光

霜染万树挂橘柑，森森千山雾欲含①，风卷秋叶似骖驔②。

五更寒起披裘衫，东方未晓月正酣，满天湿露似江南。

【注释】

①森森，山林茂密雾气蒸腾状。

②骖驔（cān diàn），骖，同驾一车的三匹马；驔，黄脊的黑马。合意，骏马奔跑驰骋貌。

浣溪沙·承德避暑山庄

御水潺潺出宫墙，天上人间分流淌，霜无两致侵帝乡。

今人欲知前朝事，遍寻贤臣问君王，翁仲不言对夕阳①。

【注释】

①翁仲，石人。

南柯子·呼伦贝尔大草原

　　漠北连空际，苍穹落平洲。万里长虹跨碧流。飞霞恣染曲水、天尽头。

　　放歌上云霄，纵马写春秋。踏破梦魇运新筹。方若惊醒天骄、当回眸。

浪淘沙·坝上骏马图

坝上秋色深，尽染层林。骅骝扬蹄劫沙尘①。踏碎陈迹生新痕，破雾驱云。

势如霍将军，剑动星文②。纵马驰射夺功勋。犹驾万钧横乾坤，截断江津。

【注释】

①骅骝（huá liú），赤红色的骏马。

②星文，星象。

定风波·游孙权故里
富阳龙门镇有感

万里江天一线牵，飞舟驰射起波澜。富春秋水斜阳里，心醉，桂花香漫透珠帘。

折得龙门独自看，豪占，一统江东三十年。风流当年英雄舞，今古，犹唱仲谋惜人远。

卜算子·扬州东关街仲春

雨洗东关街，千红尽娇妍。抛却残卷倚窗看，把酒享春闲。

灯影乱曲巷，天河流醉眼。不记今春深或浅，凡心出尘寰。

菩萨蛮·扬州东关街秋夜

一段江山一段路，疑入清明上河图。青钱衬落红，丰年醉太平。

长街日渐晚，人随深梦远。新月坠古舍，檐影悬星河。

眼儿媚·瘦西湖之暮春

二十四桥倒影西，绿红传芳意。画舫轻移，涟漪浅唱，烟波幂幂①。

十里芍药花影里，新游旧相识。一片闲情，半湖春水，醉归迟迟。

【注释】

①幂，盖物件的丝巾。此处形容湖面被烟雾笼罩如同披上一层纱巾。

蝶恋花·初夏江南

榴月姑苏莺声软①。红樱青酒，一派欣欣然。白羽戏水分草绿②，轻风舞袖和雨烟。

家姑巧手忙事蚕③。丝尽初夏，成蝶化于茧。物华景佳时俗异，教人犹爱住江南。

【注释】

①榴月，五月的雅称。

②白羽，泛指水禽。

③家姑，农家村姑。

水调歌头·秋游射阳丹顶鹤自然保护区

薄雾隐秋林，朝霞藏云端。黄叶携露零落，浩波频拍岸。万里天水一色，千鹤如云俯冲，惊飞若羽箭①。欲揽七星宿，拟占九江山。

人生短，尝百态，品苦甜。驰隙流年，莫唯功名情味减。势分三足鼎立，商赢五分贯钱，千秋留笑谈。心中无妄想，关河自路宽。

【注释】

①羽箭，箭。因尾部缀鸟羽，故称。唐·杜甫《丹青引赠曹将军霸》："良相头上进贤冠，猛将腰间大羽箭。"宋·朱敦儒《朝中措》词："雪猎星飞羽箭，春游花簇雕鞍。"

思越人·大理沙溪古镇

【题解】

大理沙溪古镇，是个宁静、神秘、古朴的小镇。2001 年 10 月，以"茶马古道上唯一幸存的古集市"与长城等古建筑一起，列入世界纪念性建筑保护基金会"值得关注的 101 个世界濒危建筑遗产"名录。历史上沙溪既是古道上的驿站，也是盐业的集散地。

茶马古道一径深。马铃声里度红尘。千年苍木仍凝绿，痴痴犹若等前人。

芦笙咽，楚调吟①。寒露侵衣孤灯明。敧枕听曲说今古②，泪痕只与酒痕近。

【注释】

①楚调，原是古代楚地的曲调，后多指一种流行于汉魏时期的音乐种类，具有相和曲的艺术特征。

②敧（yǐ），同"倚"，意为斜靠。

木兰花·平遥古城

古陶尚存私塾影①，千年风尘窥甲兵。铁血金戈毁奇宝，登城远望泪涕溚。

巍巍沧庙存古音，琴鸣书韵伴辰星。汇通天下何胜负，文治武功在贤明。

【注释】

①古陶，平遥旧称。

木兰花·霞浦^①

海中明月舟摇碎，天宫繁星一网围。犁牛晨起沐薄雾，渔火半醒寒露催。

九重上下织彩帏，潮汐起伏缘盈亏^②。河横双星藏觉奥^③，参商两曜斗参微^④。

【注释】

①霞浦，是福建宁德市下辖的县级行政区，海岸线绵延曲折，大港口水深面阔。霞浦，被国内外摄影界人士称为最佳海上日出日落与滩涂摄影宝地。

②盈亏，月亮的圆缺。

海水潮汐现象，主要是月亮对地球的引潮力引起的。每逢农历十五月圆之时，月亮、地球、太阳三者在一直线上，这时月亮与太阳的引潮力会使地球上海水受到的引力最大，潮汐现象最明显。其他时间相对较弱。

③觉奥，指深奥细微的道理。

④参商（shēn shāng），参星与商星，两者一西一东。参微，同③觉奥。

木兰花·与友林航春游朱家角随写

十里古街闲日行，百鸟唱和相对迎。珠溪桥头沉吟句①，已有春燕飞来听。

镜水映月桥拱影，醉赏烟柳两岸青。汲泉煮茶看沉浮，慈门寺外闻禅音。

【注释】

①珠溪，朱家角古镇的雅称。

玉楼春·宜兴竹海夏夜

水边烟寒镜湖清，青峰如洗飞流萤。武侯池馆他乡客，故人劝我醉酩酊。

酒酣无心赏瑶琴，仰看天河势奔倾。月悬苍穹寂无色，犹照人间万里明。

南雄北秀之徐州

蛟龙巡天万里行，

坐看山河纵与横。

仙人驾凤鸣九霄，

错把彭城当蓬瀛①。

【注释】

①蓬瀛，又称蓬莱、瀛洲，传说中的仙岛。

秋　乡

疑若梅雨落建康，

原是秋色万里长。

欲借仙槎腾云去①，

乐自逍遥驭凤翔。

【注释】

①仙槎，神话传说中能上天下海的木筏。

南浔春近

一桥水影画月轮，

二月花期知渐近。

不解请问枝头鸟，

青帝已遣春来信①。

【注释】

①青帝，传说中主管春天之神。

彭城夏日

古彭烟水阔，

云龙形胜绝。

繁灯夺月色，

晚妆斗天阙。

钱塘江观潮

初闻声乡千帆外①，

渐如铁军破碧开。

未及登高观潮涌，

惊涛如雪扑面来。

【注释】

①声乡，犹声势。乡，通"响"。《汉书·严助传》："故遣两将屯于境上，震威武，扬声乡。"

湖南郴州小东江

漠漠水田縠纹生，

翩翩白鹭伫烟汀。

渔翁撒网千鳞跃，

惊波一点破从容。

燕子矶春雨图

一舟横斜燕子矶，

三两丝鹭亭上飞。

春雨不遣烟云散，

任其乘风拥翠微①。

【注释】

①翠微，青翠的山色，形容山光水色青翠缥缈。

夏日乡村

遥遥天际霞升起，

阵阵山风牧笛歌。

峰顶涌聚烟波少，

野田耕破白云多。

拙 政 园

原为归隐筑闲居，

今引名士来姑苏。

风流尽去烟飞灭，

留与后人风雅处。

十里秦淮

一带妆楼临水居，

两岸花灯树影裁。

十里凌波胭脂色，

流过前朝今世来。

古镇一日

朝饮晨露暮饮茶，

烟雨江南黯万家。

蠡湖船头渔歌远，

水乡波上宿天涯。

再游周庄

年年舟楫浑不知，

日日水乡画中行。

人生盛事难再遇，

莫待岁月催潘鬓。

泸沽湖

一湖碧水藏深山，万顷翠色迷人眼。

轻摇扁舟听桨声，遥看银珠跃湖面。

摩梭转山拜格姆，只缘此处为阆苑。

女神情伤滴珠泪，便教十里不同天。

晨　曦

残星散万顷，

月没曨昒明①。

案前灯未灭，

红日海上生。

【注释】

①曨昒（lóng hū），朦朦胧胧，东方欲晓状。

宏村秋色

楼枕一水天，

风吹红万点。

谁人遗翰墨，

入画起炊烟。

第三篇　人生百年犹过隙

江城子·京华春秋

京畿幽燕地形宏。山峦聚，舞巨龙。铠甲重器，粮仓满关中。昔日铁骑万千兵，角声远，帐营空。

丹阙歌舞为九重①。金樽举，鸣金镛。今时皇陵，孤零动秋风。人生百年犹过隙，且开怀，饮千钟。

【注释】

①九重，指帝王。

踏莎行·住长安思太白

华灯数盏，初分秋宵，灯火阑珊红颜娇。

朝野咏者如繁星，唯有青莲才情高。

五更增寒，参斜欲晓，各行其道无从恼。

君看穿城渭河水，年年入海自随潮。

鹧鸪天·夏日杂写

吴越歌舞佳丽地，倦舟闲泊画桥西。落日得晴红似染，绿树经雨翠欲滴。

江南月，今犹昔，狼烟往事从何觅。曾经双雄兵戈处，此时唯有稚童戏。

鹧鸪天·冬日杂思

片帆东去别潇湘，风怒江上翻巨浪。鱼鸟各欢自在戏，笑我往来奔波忙。

春柳青，秋叶黄，白驹过隙飞流光。抛却玉樽天外去，且和行云入醉乡。

鹧鸪天·与亚伟上海酒醉后随写

日落灯上见沪城，今时丰华曾峥嵘。虫沙猿鹤知何处①，犹闻寒潮号角声。

东方红，乾坤定，百尺危梯从容登。望断秋水斜阳里，云峰显露最高层。

【注释】

①虫沙猿鹤，比喻战死的将士。《太平御览》卷九一六引《抱朴子》："周穆王南征，一军尽化，君子为猿为鹤，小从为虫为沙。"

鹧鸪天 · 烟雨中游周庄

我踏轻波觅沈府，未得旧庐水深处。万里乾坤事如许，化为江南烟云雾。

无新词，移舟去，摇落一帘黄花雨。洪武天骄仲荣富①，可怜早作风尘絮。

【注释】

①洪武，指朱元璋。仲荣，为沈万三字，周庄人，当时江南首富。

木兰花·行舟

千顷碧水流余晖，一棹波光沾人衣。天接远山飞云雾，舟迎近树两岸移。

何须惆怅惜芳菲，也起波澜平镜里。轻涛骇浪争掀舞，客行艰易惟自知。

木兰花·光影老巷中看时光流逝

　　茅舍新篁舞窈窕，小院花草绝尘嚣。庭前幽巷移幻影，画眉声中割昏晓。

　　流年最易把人抛，虚名负我消年少。人生百年不复得，闻唱黄鸡惜今朝①。

【注释】

　　①黄鸡，因黄鸡可以报晓，表示时光流逝。唱黄鸡，出自苏轼的《浣溪沙》，感慨时光流逝。

木兰花·忆范蠡

灵山俯瞰太湖干[①]，问禅曲路第几盘？万顷浩淼尽凝碧，千里云烟接天远。

鸱夷西子兰舟远[②]，豪商巨贾财尽散。曾遁山野归隐去，红尘陶朱今犹传。

【注释】

①干，水岸。

②鸱夷，指范蠡。

木兰花·游新疆途中偶感

九州荡荡连云汉①，千形万象悬摩天。飞来峰前卧湖心，波影卷月水如练。

处处如画我江山，世间苍生多英贤。诚邀盛世驻华夏，善施谋略持戈铤②。

【注释】

①九州，此处指大地。

②铤(chán)，古代一种铁柄短矛。也泛指短矛。《史记·匈奴列传》："其长兵则弓矢，短兵则刀铤。"此处借指兵器、武力。

木兰花·乌鸦说

【题解】

　　乌鸦，俗称老鸹，老鸦。鸟纲，鸦科。杂食谷类、昆虫等，功大于过，属于益鸟。终生一夫一妻，懂得照顾父母。有"鸟类智慧排行榜"第一位之说，行为表现出较强社会性。乌鸦是不祥之鸟的观念，缘于中国古代神话。

　　一羽黑衣招人谗，真语实言惹众嫌。福祸相依殷勤报，大智若愚任客冤。

　　月落乌啼有遗篇，投石饮水千古传。笑骂褒贬任由他，枝头依然畅所言。

点绛唇·贺伊犁果子沟大桥通车

鹰翔长天，俯瞰苍山绿烟浦。岭上轻雾，涌潮听风语。

擎空翠路，相逐卧龙去。踏通途，绝处凌舞，任我云边宿。

清平乐·江南烟雨

烟林深处，青山添新竹。晚晴数点梨花雨，欲染一池嫩绿。

遥想争霸越吴①，夫差饮恨千古。尚有今时明月，仍为故人凝目。

【注释】

①春秋吴越争霸。公元前494年，吴国打败越国。越王勾践采纳大臣提出的"美人计"，选出越国美女西施献给吴王夫差，麻痹夫差的斗志。夫差对能歌善舞、风华绝代的西施深爱不疑。从此，歌舞升平。越王勾践则暗暗地做着复仇的各种准备，卧薪尝胆，发奋图强。吴国却在君王"从此不早朝"的松懈现状中，逐步走向衰弱。公元前473年，越国灭掉吴国，被围困在圣胥山的夫差走投无路，挥剑自刎。

凤归云 · 秋韵

天高云淡，非常秋光。江练绕秣陵，烟水茫茫。霜叶渐染东山，梧桐飘黄。小榭倚窗闻曲，桂子流香，一任芬芳。

溪水浅流，雁过斜阳。锦瑟秋日里，处处华章。春花减红不伤春，可怜潘郎①。笑向天公借，青春韶华，流年时光。

【注释】

①潘郎，西晋潘岳。他说自已30多岁就有白头发，后人以此为典故形容人至中年。

念奴娇·春夏秋冬

雨洗流年，看江山，万里苍茫染尽。曾经桃溪香漫院，花影满天飘零。蝉鸣绿夏，林清荫浓，杨柳弄黄昏。秋风向晚，几串枫红足印。

雪封千山更纵，腊梅初绽，悄然暗芳沁。岁月一新人便老，华发又添霜鬓。不是春风，年年负我，是我负春风。若又逢春，千万和春长邻。

贺中国女排 2016 年
里约奥运会夺冠

不见刀光与剑影，

徒手杀敌力千钧。

连下数城败百强，

夺此一役胜万金。

秋光中看时光

兴来醉卧桂花香，

机息忘坐寒石上①。

生如春梦未长时，

散似秋云空苍凉。

【注释】

①机息，指机心止息。犹忘机。唐·戴叔伦《将巡郴永途中作》诗："机息知名误，形衰恨道贫。"

彭城怀古

一城青峰半城湖，云龙山水接天都。

不占鳌头犹王气，布衣天子始高祖。

切莫空有拔山名，兼修仁德更丈夫。

棋越界河三分阔，智有伯仲分汉楚。

采石矶上思太白

李白捉月采石矶，

今临江岸望欲迷。

诗中日月流千古，

墓上秋草久落晖。

参观韶山毛泽东故居有感

落花离枝根可依，

夕阳下山明复起。

唯有湘江浑不似，

当年如歌今如啼。

雨停踱步听蝉鸣

雨过荷塘黄昏凉，

蝉鸣庭树别夕阳。

胜负不在谈舌取，

袖手无言亦锋芒。

五四抒怀

一线银河寂寥流，

万丈襟怀装九州。

向天借取缚仙索，

直破层云系玉钩。

吴道台宅第

【题解】

　　吴道台宅第，为光绪年间浙江宁绍道台吴引孙（曾任广东、甘肃、新疆、浙江布政使、巡抚等职），聘请浙江工匠在扬州修建的一座私人宅府。宅第规模宏大，结构精巧，如同凝固的诗歌，让参观者领略到它的无限神韵。

　　　　春入吴府枝欲青，

　　　　风过楼台闻鸟鸣。

　　　　悠悠篁竹念故旧，

　　　　年年后人说与听。

游李鸿章旧居随写

碧瓦檐下花翎客，高堂座上互为邻。

不见古时大名士，唯有当下古松荫。

少辞故土酬壮志，暮年伏枥困红尘。

中堂名高楼百尺①，毁誉任由今古论。

萧萧枯木轻颜色，年年飞燕总回春。

文忠府阙楼上月②，依然高悬鉴今人。

【注释】

①中堂，世人尊称李鸿章为李中堂。

②文忠，李鸿章谥号"文忠"。

颐和路春秋

【题解】

一夜飞雪，染白昔日的青砖黛瓦，几片流云，带来时光的斑驳故事。一页页历史不停地翻过。南京颐和路民国别墅区，是当时国民政府高官居住及美国等国家驻华使馆驻地集聚的区域。

斜阳寒色未远处，

今时金陵昨日树。

残雪黛瓦隐风云，

曾拥江山颐和路。

春　去

芳菲欲落尽，
荫浓夏愈深。
花问有情人，
何计可留春？

中秋金陵怀古

春时杨柳秋梧桐，生于建康自不同。

十朝都会经风雨，一轮红日贯长虹。

大江滔滔从西至，青山隐隐水流东。

江山相争不相让，共护升州地形胜。

石头城下涛声怒，千帆万骑谁敢同！

多少征战引割据，几度铁血殃苍生。

我幸太平遇盛世，长江不限南北通。

欲呼老君遣云散，共邀明月醉歌咏。

故宫瑞雪

巍巍天门俯四极，

煌煌江山入版籍①。

京华威仪呈四海，

舞袖能破百万师。

【注释】

①版籍，版图。前两句话的意思是：普天之下莫非王土，率土之滨莫非王臣。

观古剧战场凯旋随写

天际鹤惊散，

白羽似迅箭。

月霜透玄甲，

血凝归将衫。

乌镇夜思

浅尝一壶茶，
深望水中月。
物色如昨时，
情味中年别。

第四篇　初似琉璃挂绿帐

浣溪沙·葡萄

初似琉璃挂绿帐，终成玛瑙浮露凉，散落藤枝满园香。

红颜零落岁将暮，甘愿粉身为琼浆，换取人间芳华长。

浣溪沙·小雪无痕

　　珍珠泉里云徐行，燕子矶头晚潮平，扬子江上寒月明。

　　昨日雪花犹飘零，飞入衣领觅温情，未湿青衫了无影。

木兰花·初夏品桑葚

【题解】

桑树的果实桑葚，酸甜可口，味美汁多。桑葚可用来泡酒。

陌上桑树早破芽，柳边绿水铺莲花。盛泽古镇谁家女①，去趁采桑外婆家。

乡间果酒随易赊，月下小酌话桑麻。不觉酸甜流时光，天外启明迎御驾②。

【注释】

①盛泽古镇，位于苏州吴江区。盛泽镇号称中国"绸都"，蚕桑生产的历史已有千余年，当地有大片碧绿的桑园。

②启明，启明星。天欲亮时，东方的天空会出现一颗明亮的星星，古时称为"启明星"，意思是随着它的出现，天就要亮了。

木兰花·梅花山赏梅

六朝粉黛报春信，一夜东风绿更深。汉家仙人承玉露，往来早燕衔香尘。

梅兄虽为千古吟，满面羞红佳人问。纵有万般春不舍，终会飘零让芳邻。

木兰花·光

醉袖迎风起池塘，万顷金波映湖上。才乱炊烟江村晚，又随摇橹碎月霜。

知君掌管昼夜长，也令南北暑与凉。凋尽秋冬寒烟树，始留人间彻骨香①。

【注释】

①彻骨，透骨，入骨。形容程度极深。

木兰花·朝天宫玉兰

翠条轻摇晨妆新，银花点破玉殿春。仙子飞入万千树，谁遣霓裳抖清纯。

红是领袖白是魂，殿前一笑断风云。欲唤桃梨早吐香，无可奈何春不肯。

玉楼春·茉莉

环佩翠裙飞云岫，天姿巧出妆春手。千朵万朵雪压枝，侬让江南百花愁。

入水为茗化清柔，饮尽唇齿暗香留。花不醉人人自醉，任她篱上与案头。

小重山·文房四宝记从前

近倚书案思绪远。庭院小绿窗，开两扇。唐风宋雨落花前。谒先贤，灯下读秦汉。

桃李自无言。明月观人间，年华换。兴替得失留纸简。磨佳砚，笔墨写烽烟。

福州林阳禅寺之梅花

如雪从天落缤纷，

悄随禅香洗红尘。

或知霜女妒百卉^①，

凌寒早发为迎春。

【注释】

①霜女，亦称青女，是汉族神话传说中的霜雪之神。

咏昙花

去年一别忆留影，今夕复来犹爱卿。

此夜我愿侍君侧，不为佳人为尔倾。

三更俗卉皆睡去，独占良宵月华清。

莫道留尘光阴短，过往众生谁记曾。

紫　藤

隔墙云木自成林，

剪绮裁霞灼浓春。

半庭紫雪不向白，

只为识香看花人。

咏梅（一）

虽居方寸地，

却令天下怜。

几经冰霜洗，

清骨示人间。

咏梅（二）

南国飞雪也来急，

一夜青黛变玉枝。

最爱琼英横疏影，

低头阒然抹胭脂①。

【注释】

①阒然（qù rán），悄然，寂静。

咏梅（三）

影疏蕊半含，

几枝落江南。

拣去寄亲人^①，

春浅情未浅。

【注释】

①寄梅，赠送梅花。《太平御览》卷九七〇引南朝宋盛弘之《荆州记》："陆凯与范晔相善，自江南寄梅花一枝与晔，并赠花诗：'折花逢驿使，寄与陇头人。江南无所有，聊赠一枝春。'"。后以"寄梅"借指对亲朋的思念和问候。

咏六方井兰紫砂壶

六趣有一独爱壶①，

方寸天地冲万露。

井树疏香恰宜酌②，

兰芷汀州听琴筑③。

【注释】

①六趣，佛教语，众生由业之差别而趣向之处，谓之六趣。

②井树，井与树荫，借指百姓饮食休息之所。

③兰芷，香草。琴筑，筑，亦指古琴。

太子湾秋雨

玉珠细细抚亭台，

漫拥千树带醉来。

林静声收雾欲散，

撑天红叶一饷开。

留园秋图

窗剪庐边夕阳水，

如染空青作画图①。

秋妆能使春桃嗔，

落黄也教烟柳妒。

【注释】

　　①空青，一种古老的玉料。

梧　桐

几片浓云掩重门，

满庭秋雨落黄昏。

梧桐虽无花娇艳，

却书离愁万里心。

荷

天池野水一样开，

菡萏香浮两相偎①。

长居深塘躲凡客，

未料浅舟渡人来。

【注释】

①菡萏（hàn dàn），荷花的别称。属睡莲科，水生草本植物。又称莲花，古称芙蓉、菡萏、芙蕖。

草　莓

桃李姗姗杏来迟，

绿衣丛中觅早红。

不占高枝犹百媚，

卿卿我我卧田垄。

莲 藕

如玉却从污泥出，

分身犹连寸丝缕。

莲藕同根不同味，

藕心清甜莲心苦。

枇　杷

春丝吐尽别海棠，

塘栖五月绿苍苍①。

枇杷欲醉杨梅酒，

随摘几枝思忆长。

【注释】

　　①塘栖，指塘栖镇，位于杭州市北部，是闻名遐迩的"鱼米之乡、花果之地、丝绸之府、枇杷之乡"。

书

唯书有香色，

争艳于西子。

唯书有清华，

竞秀于百卉。

咏　夜

飞鸟三两只，

散栖一枝桠。

月下轻步走，

恐惊满树花。

第五篇　人间处处换新妆

渔家傲·迎新年

春花秋叶轮低昂，殷勤踏月迎朝阳。万里长云过潇湘。舞流光，人间处处换新妆。

韶华尽与人相畅，和气盎然暖席上。好意难逢但舒放。且拍掌，陶然一笑醉天壤。

鹧鸪天 · 三月三

春风绿水烟花路，竹篱东畔新朱户。桃梨时闻双燕语，等闲飞入谁家去。

云低垂，过田庐，落花已作风前舞。因何欲雨又还晴，春色劝得行云住。

鹧鸪天·七夕

隔断仙源无芳径①，年年今夕鹊桥迎。人间片时一春梦，银河行尽数万星。

别依依，聚匆匆，泪洗胭脂待重逢。情人离别情便苦，不问情淡和情浓。

【注释】

①仙源：神仙所居之处；陶渊明所描绘的理想境地桃花源；此处指有情人居住的地方。

鹧鸪天·趣说微信抢红包兼贺新年

一声号令预赏时，目指齐聚戳手机。宛如昙花绽放短，入囊多少惟月知。

欢正好，夜何其，星光如缀天半倚。柔情不舍别岁尾，剑胆更越琴高鲤①。

【注释】

①琴高鲤，传说战国时赵人琴高，入涿水取龙子，与诸弟子相约，当于某日返。至期果乘赤鲤而出。古人因以"琴高鲤"指得道成仙。此处借喻远大的理想志向。

《列仙传》卷上《琴高》：琴高，赵人。以鼓琴为宋康王舍人，行涓彭之术。浮游冀州涿水中。取龙子与弟子期至日，皆洁斋候于水旁，设祀。果承赤鲤，来坐祠中，且有万人观之。留一月，复入水去。

浣溪沙·芒种节气丰收送饭

浅绿衫儿绣四停^①，灶台为郎麦饭盛，匆携竹篮至田陇。

飞绊翠翘欲扶藤^②，却扰枝下护花铃，小立慢行步云轻。

【注释】

①四停，四边。

②飞绊翠翘，指空中的游丝牵绊住女子头上的首饰。

浣溪沙 · 春分随写

　　过花小燕飞回廊，梅子青后迎海棠，昼长万物谁擅场①。

　　年年庭院生绿草，每每春日兰杜香②，杨柳碎影舞斜阳。

【注释】

　　①擅场，技压同辈。
　　②兰杜，兰花。

浣溪沙·端午节

又是一年蒲节时[①]，俏粉媳妇备宴席，先尝樱桃与荔枝。

竞舟夺冠锦旗归，即买雄黄向吴姬[②]，今夜莫惜醉如泥。

【注释】

①蒲节，即端午节。五月（农历）菖蒲成熟，古人在这一天有悬菖蒲于门首，或以菖蒲浸制药酒饮用的习俗。《幼学句解》上说："端午是为蒲节。"

②雄黄，此处指雄黄酒。谚语说："五月五，雄黄烧酒过端午。"吴姬，吴地的青年女子，这里指酒店中的侍女。李白："风吹柳花满店香，吴姬压酒劝客尝。"

浣溪沙 · 小年小词

入得九冬寒初定，未至三月春欲竞，梅红枝绿隐晴空。

千家灶前供糕饼，万户窗花红透影，不读诗经陪家翁。

木兰花·元旦寄语

　　山高林密纳远风，天外烟云次第生。江雾散尽夜未央，月中桂树入空蒙。

　　江南岭北总关情，那时新年歌满城。流光昔辞今又至，看我奔涛驾巨艟①。

【注释】

　　①巨艟（chōng），此处指大船。

木兰花 · 元旦随写

　　星官未动午马醒，骏骝奋蹄飞沙腾。人间将庆三日酒，天上蓬仙醉寒宫。

　　苍树云影留归程，与君复饮樽千钟。清溪岸边听水声，入夜画堂笔从容。

木兰花·贺新春

　　朱户绿窗小院暖，一红窥见春深浅。万里空晴彩云高，千顷麦绿示丰年。

　　大江南北歌一片，十二金钗扶玉盏。水随天去流星月，我追星月上霄汉。

木兰花·写于立冬之际

湖上秋深万叶黄，清霜暗袭损垂杨。夜来风雨对铜釭，泪染空笺诗两行。

对影无言醉羽觞①，一盏灯火一盏凉。瘦蕊燃尽才三更，此生也短此夜长。

【注释】

①羽觞（shāng），中国古代的一种盛酒器具。

玉楼春·平安夜随写

蜗蚁相争无多少，为夺乾坤倒罢了。沧海桑田何时变，天地未变人先老。

休为鸡毛生烦恼，闲时一曲向穹昊。浊酒换回纯情在，且把往事付一笑。

木兰花·仲夏

　　小园难寻春曾来，落尽芳菲又几回。窗北一池多绿荷，江南六月常黄梅。

　　但闻风雨惊古槐，不觉蛙鸣破梦来。诗成才吟过夜半，此时无语闻轻雷。

木兰花·写于霜降节气

　　细思世间多峭程，千山万水踏歌行。危峰顶上枕闲云，青瓦檐下入秋梦。

　　寒天降霜侵梧桐，凉风袭竹滴露零。且将往事入茶味，青涩津甜我自迎。

阮郎归·小雪节气随写

　　万里寒云欲霰微，千家掩窗扉。肃杀威下藏生机，江山正寂寂。

　　冷风催，暖去急，黄叶谢阶砌。先落东枝接西枝，明朝伴雪飞。

蝶恋花·写于立春

　　遥山更远斜阳西。澹澹梨花，飘零落衫衣。望见青檐飘酒旗，掀帘同醉春院里。

　　楚河汉界英雄地。将相马前，兴替一弹指。人间骰子常取次，天上婵娟偶如意。

太常引·中秋

一湖疏莲秋水畔，沃野多良田。波涌跃河鲜，夜江南喧嚣市廛①。

月影篱下，儿女灯前，户盈对酒欢②。金樽恨未宽，愿今宵万古长天。

【注释】

①市廛（chán），指城镇中的集市、店铺。
②户盈，千家万户。

点绛唇·高淳小镇

犹若春光，今时青发颜如玉。柳汀花坞，醉入乡间路。

半窗翠竹，伴我读闲书。临水居，月照美庐，梦随潮声去。

望江南·秋分节气说桂子

八月好，桂花香满楼。沥成天露因霜凝，划出清波为云留，谁解一枝秋。

踏莎行·大暑节气

千尺彩虹，万顷湖光，一池清水满荷香。
抚琴不觉夜未央，推窗方知竹风凉。

僧栖名山，客枕云房，五更夜短昼时长。
掩窗垂帘听雨卧，不惹红尘不轻狂。

清平乐 · 秋分

水乡玉屏，淡墨画苍容。翠绿化作黄与红，春秋由它迎送。

流光映出寒梧，蝉去归隐来路。名利销沉今古，秋色渐控三吴。

冬至节气随写

肃杀冷雨打枯苇，
万物谁合又谁开。
休把心情裹冰雪，
家燕已欲领春回。

立　秋

一弯新月挂宫阙，

两片梧叶落庭阶。

晚雨敲荷起凉风，

暮蝉咽声报秋切。

夏日杂写

渐无枇杷一树金，

更换藤萝花向晴。

蜂去三月酿花蜜，

我来盛夏听蝉鸣。

仲　夏

几处村舍绕清溪，

一帘微风入小窗。

雨过池莲洗诸尘，

蝉栖竹树鸣晚凉。

端 午 节

端午时节天未明，帘外早传鼓乐声。

江南江北流瑞香，村西村东浮龙竞。

少时佳节逐习俗，一呼岸边惊雷鸣。

中年今日易感慨，但借蒲酒话升平。

自古贤愚如流星，多少泯没几留名。

清　明

一窗半绿飘红影，

十里夹江淡烟横。

清明恰似离人眼，

三日全无半日晴。

清明清境

【题解】

清明时节，江南又下起绵绵细雨。思念如注，涕零如雨。迟来的愧疚，未尽的感恩，爱人的思恋，儿女的思念……以为生命很长，其实相处很短。爱别等，孝莫迟。清明时节，让我们道出对已逝亲人的涓涓思念。

乱珠水影无从分，

丹青难绘借诗文。

天若无情焉有泪，

离恨岂止人间闻。

立夏语丝

一壶清茶天露成，

禅香拂碎满窗星。

人生百味细细品，

松风如水月如茗。

小年大寒随写

山阶隐轻雾，

红叶三两株。

朝阳破寒意，

峥嵘岁又除。

腊八随写

入山尘嚣远，

负暄不畏寒。

禅茶本一味，

自在乌松间。

九月再见

淼淼湖上水，

磊磊水下石。

人生如尘露，

盛衰各有时。

第六篇　月在眼前箫声远

临江仙·神游江南

我似万里千山外，一片归云悠然。月在眼前箫声远。隐约望池田，荷影红半敛。

客来便请家常饭，淡酒三杯两盏。溪边庭院小留连。外事暂不问，自有天公管。

临江仙·静夜

　　流水轻于闲里梦，孤松寂若禅僧。秋日山巅独酩酊。窗外生寒露，共滴枕边声。

　　醉觉寒宫摇桂树，人间顿生凉风。透帘妆灯断续红。月淡星稀疏，江南夜色浓。

临江仙·水乡摇舟遐思

日日金乌升扶桑，朝朝水岸花开。诗酒相得自开怀。抛却眉间愁，无拘又无碍。

千年几番春秋梦，江山多少人才。何须高处求安排。歌行水穷处，且饮两三杯。

一剪梅·夏日水乡之百姓生活

　　江南晴热催蜜桃，红翠相扶，溪头画桡。
亭台楼榭恋多少，也喜日落，流水小桥。

　　入梦常忆少年豪，沧海一笑，濯发吹箫。
夜半酒醒天未晓，月被凉风，偷在树梢。

木兰花·山村春行

　　柳桥淡烟草新青，门巷玲珑篱笆径。山花烂漫无芳名，歌酒未尽莫催行。

　　清溪入畦暖未耕，晚霞欲敛紫青藤。桃红杏白辞乡路，时闻留客鹧鸪声。

木兰花·难忘丽江

千年古道马蹄远，万朵茶花半山前。玉龙雪峰指云端，绝胜风情别江南。

鼓乐阵阵枯荣叹，吉他声声说酸甜。石桥溪旁灯影里，我陪丽江醉一天。

木兰花·回家乡

梦里彭城千步芳，不惑之年偶回乡。青藤葡萄半为紫，浅约宫黄是厨娘①。

歌赋吟词对儿郎，醉酒飞檐任我狂。度得闲身如少时，再入村社读书堂。

【注释】

①浅约宫黄，指淡着脂粉。

玉楼春·莫愁湖夜赏芙蓉

风送荷香摇金碧，微波巧织水纹细。曾忆莫愁兰棹舣，陌上瑶台有仙迹。

人散声收月坠时，一扇绿帘挂窗低。湖光藏影夜半后，卧听邻娃轻嘻戏。

木兰花·古镇一日

　　风拂柳叶柳拂空，帘外日暖帘飞红。仲夏寻得几慵懒，醉入南柯睡亦浓。

　　临别清溪乱影送，不似少时脸玉蓉。船头携手归来橹，摇起水花几片红。

木兰花·听李健歌曲有感

春风化雨春满池，三五细芽上绿枝。一双蝴蝶飞花舞，两只语燕探新奇。

酒醉总想酒醒日，酒醒却思醉酒时。山鹊不知人心意，门前只报声声喜。

柳梢青·生日随写

水清烟远，皖南春色，一别三年。几度花开，几番成败，道法自然。

人至中年心宽，浅笑看、世间冷暖。愿花长好，身心长健，明月长圆。

青门引·悠闲田园生活

庭院开海棠，墙外菜花金黄。万柳不掩一枝芳，绿衣红妆，风和百花香。

闲情正如春意长，世事放两旁。三五亲友入座，且醉老酒新茶尝。

豆叶黄·冬夜

闲院寒竹迎朔风，客来煮茶火初红。清茗作酒共酬赓①。小楼东，一窗梅花月影横。

【注释】

①酬赓，（诗句）与人唱和。

点绛唇·夏日句容行

　　云垂平野，笑谈独在葡萄乡。邀君共赏，万里起烟浪。

　　中年情怀，仍作少年想。莫惆怅，青春豪放，莫学老翁样。

菩萨蛮·月夜赏荷

　　淡月碧波浅浅住，人向菱荷深深处。风飘芙蓉香，悄散满船舱。

　　云被桨摇动，酒借诗情送。醉里卧湖心，拥花似罗衾。

霜天晓角·秋闲

　　未斩楼兰，暮夏访江南。中年勋业未就，不妨却，偷来闲。

　　清泉，百花院，日高光阴慢。信步水村山馆，共三两，逍遥伴。

玉连环·喜报

【题解】

欣闻小女南外外语考试成绩优异，心悦之，随记之。

万紫千红春暖，东城花一片。小院浓香最娇颜，入玄武、飘绿岸。

溪堂翩翩欢燕，年年今时还。喜闻小女捷报传，樽加满、唯恐浅。

浣溪沙·术后小感

夜来煮茶听秋雨，未成惊人绝妙句，却爱诗墨为自娱。

任尔平生多锦瑟，劝君康时莫辜负，勿为功名多情误。

鹧鸪天 · 山居一日

　　满架芙蓉开黄昏，篱院小径落叶深。半窗帘开等月来，一瓯清茗待知音。

　　夜深沉，言未尽，楚汉阵前论古今。他日客来推柴门，庭月应记饮茶人。

清平乐·登山

风散云消，闲来登古道。水声山色又重好，回首城如天杳。

莫听红尘风谣①，山野林泉逍遥。试问繁灯万盏，何如月下吹箫。

【注释】

①风谣，典出《诗经》，泛指风土人情。

消　夏

远山如墨近山翠，

朝对诗文夕对棋。

时有荷风步庭院，

闲翻倦书月影里。

江南乡愁

江南多雨云烟浮，

水乡碧波行轻舟。

往事曾在巷深处，

又流青石桥西头。

水乡小镇遐思

对开小窗与水邻，

隔帘云远桨声近。

青瓷杯中听丝雨，

红尘世外煮绿尘。

桂园童趣

散学小女游园乐，

踮脚偷采比花多。

忽听身后行人语，

一枝惊落水拍波。

水乡一日

寻一水乡小镇，

平淡静心藏身。

晚来窗前听雨，

晨起水边观云。

秋游浦口老山

依然垂柳覆江堤，

秋色回看愈入迷。

青山不舍客归去，

白云相送秦淮西。

江南小日子

晨耕三分田，

暮渔一水边。

桨碎波中影，

微醺抱月眠。

醉

我驾云中雾，

君饮酒一壶。

伴歌下山去，

明月逐人舞。

戍 边

戍客少离家，

塞外听寒鸦。

年年望边色，

寂寞守中华。

乡村晨曲

一夜犁雨过[①]，乡野新水足。

老农晨起早，荷锄出村屋。

巧逢邻家翁，槐下牵黄犊。

同路至田陇，踏破一畦绿[②]。

【注释】

①一夜犁雨，夜里下了"一犁雨"。古人描述雨，用的量词非常有趣，大致是按照雨水入土的深度来划分。偏大的雨，该是"一犁雨"，即雨水渗入泥土的深度大概是一犁左右。若小点，称为"一锄雨"，若再大点，则是"双犁雨"了。这和古人对农业生产的重视是分不开的。宋·苏舜钦《田家词》："山边夜半一犁雨，田父高歌待收获。"

②畦（qí），田园里分成的小区。"畦"是根据种植和灌溉分成的小区，是根据需要而定，不是计量用词。古人说的几"畦"，也不会是一个确数。

第七篇　繁华一指若流沙

鹧鸪天 · 春夜

浅浅春笋露初芽，竹篱深处有人家。夕阳依水徐徐落，牧牛归迟踩云霞。

醉晚亭，苍穹下，满天星辰随意撒。入梦不知几更醒，繁华一指若流沙。

浣溪沙·早春随想

我欲手把千梅剪，铺作十里琼花滩，踏雪携春早参禅。

腹有山水藏密境，个中情味何须辩，也读诗书也爱眠。

卜算子·游灵隐寺

雨拂飞来峰，云海过九重。片片不肯栖寒枝，枫落红影冷。

高松藏针锋，寻道沿前踪。灵隐禅寺知渐近，山外闻钟声。

点绛唇·夏泊

独上小舟，数点雨声留人驻。与芳草渡，也共孤篷侣。

不挂云帆，也莫摇双橹。听风轻语，任送何处去。

吴山青 · 清心

步云轻，白云轻，风摇烟树衣袖擎。满将秋色盛。

茶也茗，月也茗，尘心洗去兴未尽。竹屋隔溪声。

南歌子·杂思

院内秋千影，墙外水云乡。雾沉烟横弄秋光，梢头一弯新月接回廊。

去年长亭里，夜谈危峰上。学士休笑居士狂，月色不露光芒让九阳[1]。

【注释】

[1]九阳，指太阳。

福州林阳禅寺早春

冬从秋雨声中入，

春由梅梢蕊上寻。

夜短渐难留远梦，

庙深却易驻行人。

牛首佛雪

古刹禅寺凉如水，

竹溪零露寂无声①。

天妆拂尽苍翠色，

佛顶毫光赛月明。

【注释】

①竹溪，竹与溪，指幽静的地方。零露，零，此处指液体降落。

大 明 寺

一处佛门藏湖心，

三面静水迎祥云。

桨声常伴起晨钟，

轻风也和唱妙音。

普陀宗乘庙

【题解】

普陀宗乘庙，位于承德避暑山庄北，为承德外八庙中规模最宏大者，建于清朝乾隆三十六年（1771年），是乾隆皇帝为了庆祝他本人60寿辰和他母亲皇太后80寿辰而下旨仿西藏布达拉宫而建。

九月秋光康宁然，

万年夕照映金匾。

普陀宗乘佑世隆，

塞外大象藏于简。

游 子 山

三点飞鹤翔云程，一帆水上别江城。

游子山幽人迹少，古庵深藏密林中。

随拾野花并一拢，敬向佛前聊作供。

下山不觉梵音远，上楼犹闻鸣晨钟。

添得新炉煮陈茶，闲消月明与清风。

人间处处禅机在，只是尘心悟未通。

无 想 寺

无想寺外竹隐墙，

半山雾中暮苍苍。

昨日沽酒又啖肉，

今夜无想宿禅房。

诗 与 酒

我与烟花都解酒，
李白斗酒诗千首。
酒酣无忘临池志，
写尽江山万里秋。

早 春

绿水连天三万顷，

一片芳意烟霭中。

愿将此身早付与，

莫负春光于偬偬[①]。

【注释】

①偬偬，急遽貌。

山村静夜

门前溪水流天影，
山中烟波接云横。
帘外清风聊对月，
与我共听花开声。

雨水节气遐思

未料雨水好晴昼，

星河影里行轻舟。

一棹生雪吞云泽，

万顷波中寻自由。

夜泊南浔

碧溪源头接天顶，

青檐玉墙绿掩映。

舟摇近水恍灯影，

遥听仙外步虚声^①。

【注释】

①步虚声，虚，天空；步虚声，传说为神仙于空中的诵经声。南朝·宋·刘敬叔《异苑》"陈思王游山，忽闻空里诵经声，清远遒亮，解音者因而写之，为神仙声。道士效之，作步虚声也。"陈思王，曹植，封陈王，谥号"思"。

如莲佛颂二首

摆落世间情，了却红尘心。

日起敲钟鼓，灯下诵禅经。

万物有灵性，众生具禅心。

自在缘放下，参悟从梵音。

夏　夜

灯影入夜清，

时闻蝉一鸣。

欲持三弦琴，

弹与流月听^①。

【注释】

①流月，流泻的月光。

夜宿山村

清溪出深山，

晚风入茅屋。

鸟鸣月下树，

花落案上书。

茶

梦里入瑶台，

新芽几枝采。

人生如禅茶，

香自沉浮来。

秋　韵

钟声传山谷，

逍客寻音去。

疏星落秋水，

淡月开天余。

山　夜

松月隐僧舍，

禅风摇星河。

云水接天近，

了无红尘隔。

秋　钓

渔翁钓秋水，

烟雨生寒峭。

雾隐青山去，

云遮蓑衣小。

周庄夜影

星池落碧水，

灯影接瑶台。

能入凡世去，

也出红尘来。

后　记

中华诗词是我国优秀的文化遗产。广大诗词研究者以及爱好者，有责任发扬壮大之。

本人从事机关工作，既非作家也不是文人雅士，原本只是出于对诗词的热爱，在朋友圈写写心得体会，没承想得到朋友们厚爱与点赞，追着微信，一路鼓励我书写诗词。

现代人为生存而奔波，为前程去打拼，每天面对各种油腻：地沟油、插队、拥堵……，有时不得不向现实低头，从而置身于激烈的物质竞争中，为明日而身心疲惫。其实当你静下心来聆听世界时，你可以听到这个世界的另一面：阳光雨露、宁静美好、量子科技……。正是这美好的另一面，让这世界纵有千般艰苦，却也充满希望。这美好，让人们可以找回自己，不在岁月里迷失。

作为当代人，我创作诗词，旨在传承，所以遵循意境第一，意境是灵魂；语言次之；格律再其次，当然，应基本符合格律。对于格式与平仄律，主要考虑是用其词牌，利其体式，重视韵脚，突破平仄。现代人写诗词，主要是继承，也

后 记

要创新。讲求贯气十足，节奏自成，因时制宜，不一定字字拘守。书中个别诗词肯定也存在一些瑕疵。在古代诗人与现代大家面前，本人连小学生都不是。现在仓促奉献给各位师长与朋友，诚惶诚恐，希望大家多多指教。

在诗词集编辑出版过程中，人民出版社黄书元社长、陈鹏鸣副总编辑、孙兴民编审给予大力支持。许多师长和朋友给予无私的帮助。尤其是我的博士生导师郑垂勇教授，春海、洪天师兄，国华、静敏等师长，亚伟、玉柱、王胜、程鹏、康海燕等好友。特别要感谢的是我的家人，她们的爱是我写作的前进动力。感谢徐问笑女士，使得该书在人民出版社顺利出版。在此，向所有关心、支持本书出版的人，表示由衷的感谢。

杨学辉

2017 年 8 月

责任编辑：孙兴民　张帅奇
封面设计：徐　晖
责任校对：张　彦　闫翠茹

图书在版编目（CIP）数据

岭上雾语／杨学辉　著 . —北京：人民出版社，2018.3
ISBN 978 - 7 - 01 - 019071 - 6

I.①岭…　II.①杨…　III.①古体诗 - 诗集 - 中国 - 当代　IV.① I227

中国版本图书馆 CIP 数据核字（2018）第 047882 号

岭上雾语
LINGSHANG WU YU

杨学辉　著

人民出版社 出版发行

（100706　北京市东城区隆福寺街 99 号）

保定市北方胶印有限公司印刷　新华书店经销

2018 年 3 月第 1 版　2018 年 3 月北京第 1 次印刷
开本：710 毫米 ×1000 毫米 1/16　印张：15.5
字数：133 千字

ISBN 978 - 7 - 01 - 019071 - 6　定价：48.00 元

邮购地址 100706　北京市东城区隆福寺街 99 号
人民东方图书销售中心　电话（010）65250042　65289539